꼬동꼬동!

내가 특별하다고?

안녕?
우리는 남강 물줄기에 사는 민물고기들이야.
우리 이야기 들어볼래?

나는 꼬치동자개,
꼬동이야.

집필묵 소개

'집필묵'은 경상남도 산청지역 행복학교 전문적학습공동체의 이름입니다.
여러 선생님들이 모여 함께 책을 읽고 다양한 활동을 하면서 그림책을 만들었습니다.

꼬동꼬동!
내가 특별하다고?

발행일 | 2024년 12월 16일

지은이 | 집필묵(강성태, 김경혜, 김용순, 김희영, 문지현, 박현정, 서영, 윤혜언, 이연이, 최은미)
감 수 | 강동원(국립생태원, 남강수계 멸종위기 담수어류 보전협의체)

펴낸이 | 이문희
출판·인쇄 | 도서출판 곰단지
디자인 | 성수연, 김슬기
주 소 | 경남 진주시 동부로 169번길 12 윙스타워 A동 1007호
전 화 | 070-7677-1622
팩 스 | 070-7610-2323

ISBN | 978-11-89773-98-4 73810
가 격 | 15,000원

꼬롱꼬롱! 내가 특별하다고?

글·그림 집필묵

곰단지

"꼬동아, 무슨 일 있냐? 왜 이렇게 힘이 없어?"

시무룩한 표정의 꼬동이에게 남생이 할아버지가 물었어요.

"저는 제 가시가 너무 싫어요."
"왜, 무슨 일이 있었냐?"

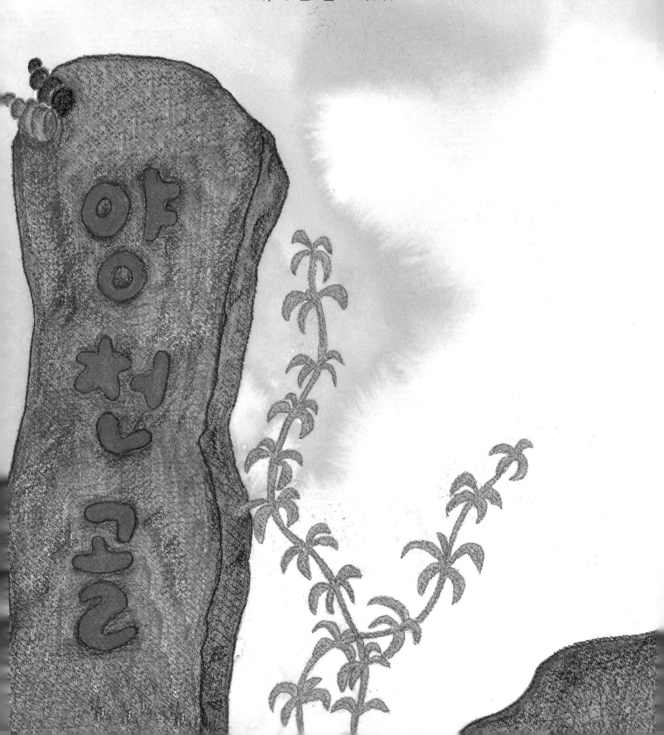

"흰별이랑 짝이 되었어요. 나는 반가워서 인사하려고 했는데……. 흰별이가 제 가시에 찔려서 화가 많이 났어요."

"점심시간에는요.
여울이의 목도리가 제 가시에 걸려 찢어졌어요.
여울이가 펑펑 울어버려서
어떻게 해야 할지 몰라 당황했어요."

"청소 시간에는요……."

풀이 죽은 꼬동이에게
새코가 말했어요.

"꼬동아!
괜찮아.
나도 너랑 같아.
친구들이 내가 미끌거린다고
나를 싫어해."

꼬동이는 새코의 말이
하나도 위로가 되지 않았어요.

꼬동이의 이야기를 들은
남생이 할아버지가 말했어요.

"나에게 등딱지가 있듯이
네겐 가시가 있어.
너의 가시가 불편할지도 몰라.
하지만 가시는
너만의 특별함이 아닐까?"

꼬동이는 생각했어요.

내 가시가
특별하다고?

그때 새코가
헐레벌떡 헤엄쳐 왔어요.

"꼬동아! 큰일 났어.
친구들이 위험해!
빨리 와서 도와줘."

"무슨 일이야? 새코야!"
"친구들이 잡혀 갔어."

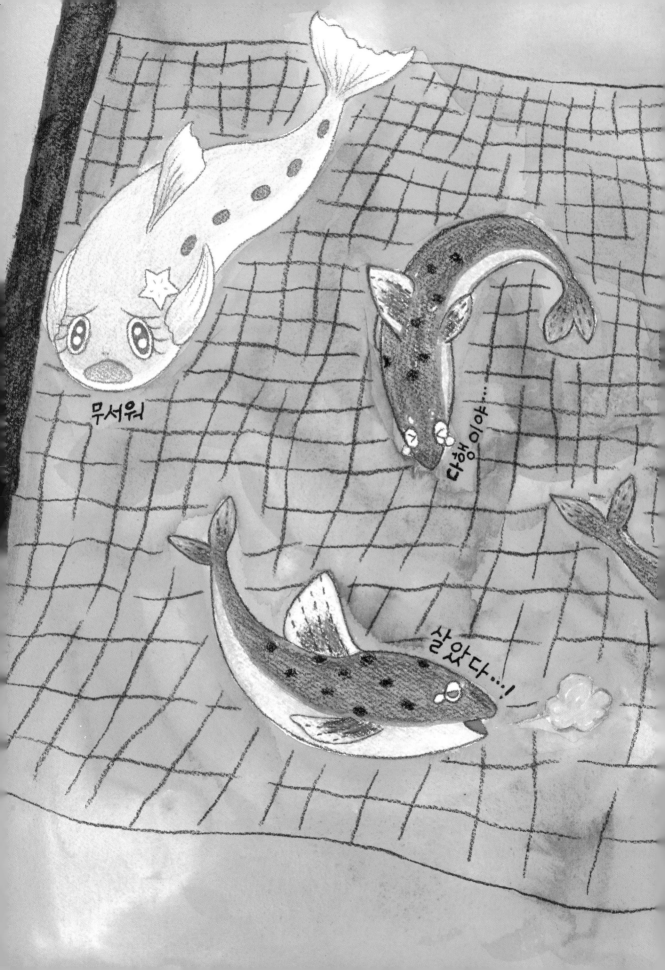

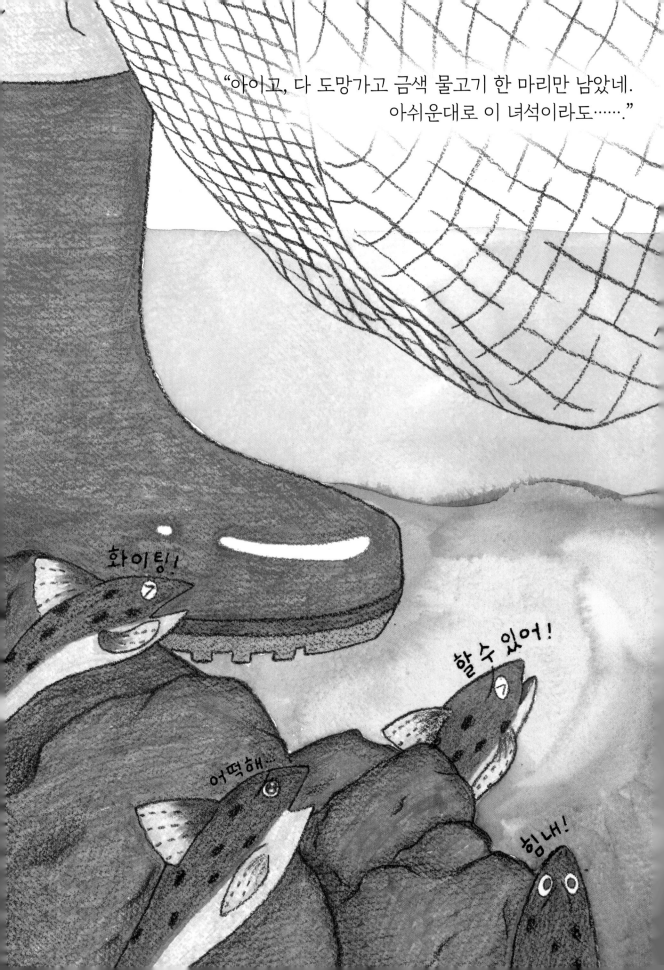

"흰별아! 내가 도와줄게. 기다려!
새코야! 미끌이 묻혀줘."

새코의 점액을 잔뜩 묻힌 꼬동이가
힘차게 뛰어올라
가시로 사람의 다리를 **콱!** 찔렀어요.

꼬동이 덕분에 풀려난 흰별이가
그렁그렁한 눈으로 말했어요.

"고마워, 꼬동아!
네 덕분에 살았어!"

꼬동아!
네 가시는 최고야!

"근데 새코야, 너는 어떻게 그물에서 빠져 나갔어?"
"나에게는 최고의 미끌이가 있잖아!"

남강의 멸종위기 민물고기 소개

강동원(국립생태원, 남강수계 멸종위기 담수어류 보전협의체)

꼬치동자개
멸종위기 야생생물 Ⅰ급, 우리나라 고유종

- 머리는 위아래로 납작하고 몸통과 꼬리부분은 옆으로 납작하고 짧음.
- 총 4쌍의 긴 입수염을 가지고 있음.
- 연한 갈색 바탕에 커다란 갈색 무늬 불연속적으로 나타남.
- 야행성 어류로 하천 중상류의 바닥에 큰돌이나 자갈이 있는 곳에 서식함.
- 낙동강 수계 일부 지역에만 분포함.

여울마자
멸종위기 야생생물 Ⅰ급, 우리나라 고유종

- 몸은 길고 옆으로 납작한 체형이며 6~10㎝까지 성장함.
- 전체적으로 붉은 갈색을 띠며 몸 옆면의 가운데에는 황녹색의 세로띠가 길게 나타남.
- 머리 부분의 푸른색 아가미 뚜껑이 특징임.
- 하천 중류의 물이 빠르게 흐르고 바닥에 자갈이 깔린 곳에 서식하며 주로 부착조류(algae)를 먹는 것으로 알려짐.
- 과거에는 낙동강 수계의 일부 하천에서 서식하였지만 현재는 오로지 남강에서만 출현하고 있음.

흰수마자
멸종위기 야생생물 Ⅰ급, 우리나라 고유종

- 몸 길이 6~8㎝까지 성장하며, 앞쪽은 굵고 뒤로 갈수록 가늘어지는 체형을 가짐.
- 4쌍의 흰 입수염을 가지고 있는 것이 특징임.
- 몸의 옆면에서 봤을 때 위쪽은 연한 갈색이며, 아래쪽은 은백색을 띠고 있음.
- 하천 중류 및 하류의 모래가 깔린 얕은 여울에 살며, 깔따구와 같은 수서곤충을 먹음.
- 임진강, 한강, 금강, 낙동강 수계의 하천에 서식함.

얼룩새코미꾸리
멸종위기 야생생물 Ⅰ급, 우리나라 고유종

- 몸은 길고 원통형임.
- 전체적으로 노란색 바탕에 갈색 점들이 밀집해 있으며, 주둥이에서 등까지 이어지는 부분이 노란 줄로 나타나는 점이 특징임.
- 하천 중상류의 흐름이 느린 여울의 큰 돌이나 바위 아래쪽에 몸을 숨기며 서식함.
- 낙동강 수계 일부 지역에만 분포함.

모래주사
멸종위기 야생생물 Ⅰ급, 우리나라 고유종

- 몸은 길고 옆으로 약간 납작함.
- 몸은 전체적으로 갈색을 띠고 몸의 옆부분에는 긴 세로띠가 있음.
- 하천 중, 상류의 자갈과 모래가 깔린 여울에 서식하며 주로 부착조류(algae)를 먹는 것으로 알려짐.
- 낙동강과 섬진강 수계의 일부 하천에 분포함.

큰줄납자루
멸종위기 야생생물 Ⅱ급, 우리나라 고유종

- 긴 타원형으로 납자루아과 어류 중 크기가 비교적 큰 편임.
- 등쪽은 짙은 녹색이며, 배쪽은 연한 녹색 혹은 은백색임.
- 하천 중하류의 비교적 흐름이 빠르고 큰 돌과 자갈이 깔려있는 지역에 서식함.
- 낙동강과 섬진강 수계 일부 지역에만 분포함.

아주 특별한 이야기-꼬동꼬동! 내가 특별하다고?

이동배(경상남도아동문학인협회장)

가시가 있고 울퉁불퉁한 민물고기가 내가 특별하다고 외치는 이 이야기는 이 세상의 모든 아이들이 함께 읽으며 행복해지는 그림책입니다.

이야기의 무대는 아주 특별한 이들이 모여 사는 산청의 작은 골짜기입니다.

그곳에서 옹기종기 모여 살아가다 일어난 행복하고 아름다운 사건을 소개합니다.

산청지역 행복학교 전문적학습공동체에서 여러 선생님들이 모여 만든 그림책『꼬동꼬동! 내가 특별하다고?』는 우리 고장의 작은 토종민물고기들을 주인공으로 하여 꾸민 이야기입니다. 남획하여 사라져가는 토종민물고기를 보존하자는 취지와 함께, 남과 조금 다르다고 조롱하거나 무시하지 않고 다양한 친구들이 서로 잘 어울려 지내자는 교훈을 주는 그림책입니다.

아이들이 이해하기 쉬운 만화적 요소와 함께 재미난 삽화와 세세한 설명까지 곁들인 아기자기한 그림책으로 "불편할지라도 너만의 특별함이 이 세상을 아름답게 할 수 있다."라는 큰 희망을 선물합니다.

이 그림책을 선물한 '집필묵' 선생님들께 감사드립니다.

2024년 12월

꼬동꼬동!
내가 특별하다고?